Made in the USA
Monee, IL
28 December 2022

23855968R00069